Analyse de l'œuvre

Par Natalia Torres Behar

Le Tunnel

Ernesto Sábato

lePetitLittéraire.fr

Analyse de l'œuvre

Par Natalia Torres Behar

Le Tunnel

Ernesto Sábato

Rendez-vous sur lepetitlitteraire.fr et découvrez :

Plus de 1200 analyses
Claires et synthétiques
Téléchargeables en 30 secondes
À imprimer chez soi

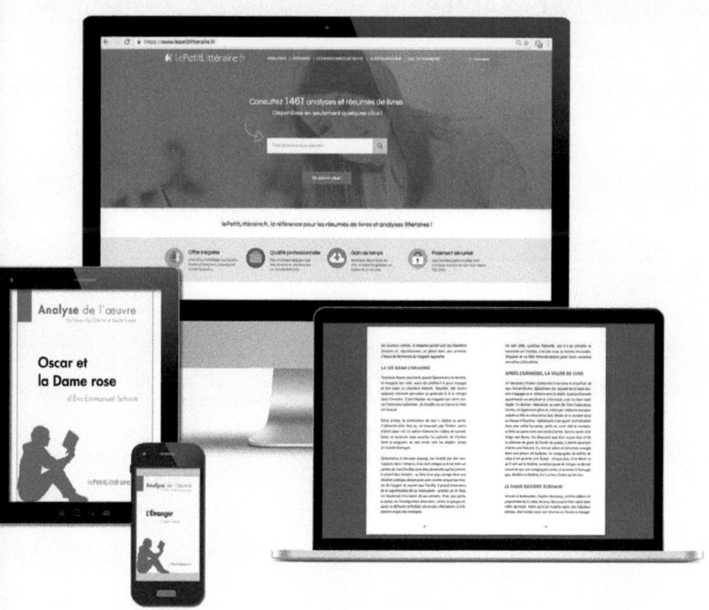

ERNESTO SÁBATO

ROMANCIER, ESSAYISTE ET PEINTRE ARGENTIN

- **Né à Rojas (Argentine) en 1911.**
- **Décédé à Santo Lugares (Argentine) en 2011.**
- **Prix littéraires :**
  - Prix Miguel de Cervantes, 1984
  - Prix Gabriela Mistral, 1984
  - Prix de Jérusalem, 1989
  - Prix international Menéndez Pelayo, 1997
- **Travaux notables :**
  - *Le Tunnel* (1948), roman
  - *Sur les héros et les tombes* (1961), roman
  - *L'écrivain dans la catastrophe de notre temps* (1963), essai
  - *L'ange des ténèbres* (1974), roman

Le romancier, essayiste et peintre argentin Ernesto Sábato est né à Rojas, dans la province de Buenos Aires, dans une famille d'immigrants italiens. Il obtient un doctorat en physique à l'Université nationale de La Plata en 1937, puis une bourse pour effectuer un travail postdoctoral au laboratoire Curie à Paris. Il y rencontre un certain nombre de membres du mouvement surréaliste et décide finalement de quitter la science pour se consacrer à l'écriture. Il retourne en Argentine en 1940 et commence à enseigner à l'université nationale de Buenos Aires, mais est contraint d'abandonner son poste pendant un an après avoir publié des articles dans lesquels il attaquait le régime de Juan Domingo Perón (général et homme politique argentin, 1895-1974). Il met à profit cette période pour travailler sur son livre *Un et l'univers*, qui est publié en 1945. Il publie ensuite de nombreux essais et trois romans (*Le Tunnel*, 1948 ; *Sur les héros et les tombes*, 1961 ; et *L'Ange des ténèbres*, 1974), que la critique tend à considérer comme une trilogie.

Il s'oppose au Processus de réorganisation nationale (la dictature militaire qui a gouverné l'Argentine de 1976 à 1983), comme en témoignent ses chroniques et articles de journaux, ainsi que des ouvrages tels que *Le cas Sabato* (1956) et *L'autre visage du péronisme* (1956). En 1984, il devient le deuxième écrivain argentin à recevoir le prix Miguel de Cervantes, l'un des prix littéraires les plus prestigieux pour les écrivains de langue espagnole (après Jorge Luis Borges, qui a reçu le prix en 1979), et la même année, il reçoit le Premio Gabriela Mistral, qui est décerné par l'Organisation des États américains. Sábato décède à Santo Lugares, en Argentine, en 2011.

Nunca Más

En 1984, Sábato a été nommé président de la Commission nationale sur la disparition des personnes (*Comisión Nacional sobre la Desaparición de Personas*, CONADEP), qui a produit un rapport intitulé *Nunca Más* (« *Plus* jamais ») sur les disparitions forcées en Argentine pendant le processus de réorganisation nationale. La CONADEP a été créée par Raúl Alfonsín, le premier président démocratiquement élu après la fin de la dictature, et son rapport de 1984 a ouvert la voie à la poursuite et à la condamnation des principales figures de la junte militaire.

LE TUNNEL

UN LABYRINTHE INÉLUCTABLE

- **Genre :** roman psychologique/roman policier
- **Edition de référence :** Sábato, E. (1988) *Le Tunnel*. Trans. Sayers Peden, M. Londres : Penguin.
- **1ère édition :** 1948
- **Thèmes :** isolement, solitude, mauvaise communication

Le Tunnel est largement reconnu comme l'un des plus grands romans latino-américains du XXe siècle. La première édition du livre a été publiée à Buenos Aires pendant le premier mandat présidentiel de Juan Domino Perón (1946-1952) et a été immédiatement épuisée. Un an plus tard, le romancier et philosophe français Albert Camus (1913-1960) a écrit à Sábato pour lui dire qu'il avait recommandé à la maison d'édition française Gallimard de publier une traduction française du livre. Selon ses journaux intimes, l'auteur allemand Thomas Mann (1875-1955), lauréat du prix Nobel, a également été impressionné par le roman.

L'histoire présente de nombreuses caractéristiques du roman policier, est racontée à la première personne et expose les raisons pour lesquelles Juan Pablo Castel a assassiné María Iribarne, dans l'espoir qu'au moins certains lecteurs le comprennent. Le lecteur est entraîné dans le subconscient labyrinthique du narrateur et prend conscience de sa vision extrêmement sombre du monde.

Le protagoniste du *Tunnel* n'est qu'un des millions d'habi-
tants anonymes de la ville tentaculaire de Buenos Aires,
et le roman décrit sa quête de sens et ses vaines tentatives pour entrer en contact avec d'autres personnes.

- 9 -

RÉSUMÉ

CONFESSION

Le peintre Juan Pablo Castel a assassiné María Iribarne. Il avoue son crime dès les premières lignes du roman et est conscient que, comme le procès qui s'est terminé par sa condamnation à la prison est récent, les gens s'en souviennent probablement encore. Ce n'est pas sa seule confession : il nous dit aussi qu'il écrit sur les raisons pour lesquelles il a tué la seule personne qui aurait pu le sauver, dans « le faible espoir que quelqu'un me comprenne – *même si ce n'est qu'une seule personne* » (p. 5). Ainsi, dès le début de l'histoire, nous savons qui a commis le crime et nous sommes entraînés dans un voyage pour découvrir pourquoi il l'a fait.

UNE RENCONTRE QUI CHANGE LA VIE

Lors de l'exposition artistique annuelle du printemps 1946 à Buenos Aires, Castel expose un tableau intitulé *Maternité*. Il contenait un détail qui a échappé à la plupart des spectateurs et même des critiques, mais qui, selon Castel, est essentiel à l'œuvre : une petite fenêtre dans le coin supérieur gauche, à travers laquelle on peut voir une femme sur une plage qui regarde la mer. Une seule femme l'a remarquée et s'est attardée près du tableau pour l'admirer.

Castel en fait une obsession et passe des mois à parcourir la ville à sa recherche, fantasmant sur les occasions potentielles de la revoir et imaginant comment il l'aborderait. Au fil du temps, il apprend que la mystérieuse femme s'appelle María Iribarne et, lorsqu'il la voit enfin dans la rue, il l'aborde et lui pose immédiatement des questions sur la fenêtre de son tableau.

Au début, María fait semblant de ne pas se souvenir de la scène, mais lorsque Castel est sur le point de partir, déçu, elle admet qu'elle sait exactement de quoi il parle. Il ne peut s'empêcher de penser à elle et veut savoir si elle pense aussi à lui. Il obtient sa réponse lorsqu'il rencontre Allende, le mari aveugle de Maria, un jour où Maria est en déplacement à l'estancia (terme utilisé en Argentine pour désigner un grand élevage de bétail) et qu'Allende lui remet une lettre de Maria qui lui est adressée. Castel est troublé par le contenu de la lettre et par le fait que María est mariée. Il élabore sa propre théorie pour donner un sens à la situation et expliquer pourquoi elle n'a jamais mentionné son mari auparavant. Après le retour de María à Buenos Aires, Castel et elle commencent à se voir régulièrement.

AMOUR ET OBSESSION

La relation entre Castel et María reste stable pendant plus d'un mois. Il est si heureux d'avoir trouvé quelqu'un qui le tire de sa solitude que sa vision sombre du monde s'éclaircit, mais sa jalousie et ses questions incessantes leur rendent la vie difficile à tous les deux. En interrogeant María sur sa vie privée, ses relations et ses croyances, il s'enfonce de plus en plus dans le désespoir. Sa prise de conscience des changements soudains et imprévisibles de son comportement et sa détresse face à la lente disparition de son couple le poussent à noyer son chagrin dans l'alcool et à coucher avec des prostituées. Il rêve alors qu'il a été transformé en un oiseau monstrueux et que personne ne se rend compte qu'il crie lorsqu'il essaie de parler. Désespéré, il appelle María qui finit par l'inviter à l'estancia.

LE DOUTE ET LA MORT

À l'estancia, Castel est accueilli par les cousins d'Allende, Hunter et Mimí, qui lui posent des questions sur sa peinture. Lorsque María apparaît enfin, ils se promènent ensemble sur la plage. Alors qu'ils se tiennent en silence au bord de la mer, María avoue que la scène du tableau lui a également fait comprendre qu'il y avait un lien entre eux. La joie de Castel à cette nouvelle est de courte durée car il est convaincu qu'il y a quelque chose entre María et Hunter.

Castel retourne ensuite à Buenos Aires et retombe dans ses vieilles habitudes : consommation excessive d'alcool, bagarres et fréquentation des prostituées. Il est au bord de la crise de nerfs et écrit une lettre agressive à María pour lui faire part de ses soupçons. Bien qu'il regrette d'avoir envoyé cette lettre, il l'appelle à l'estancia et menace de se tuer si elle ne vient pas le voir à Buenos Aires. Elle accepte de revenir, mais ne se présente pas à leur rendez-vous car elle doit retourner d'urgence à l'estancia. Cela pousse Castel à bout : il la suit là-bas, et bien qu'il se souvienne de tous les bons moments qu'ils ont partagés, il se sent maintenant très éloigné d'elle.

Lorsqu'il la voit avec Hunter, il entre dans une colère jalouse, monte sur le balcon et la tue. À son retour à Buenos Aires, Castel raconte à Allende que María avait une liaison avec lui et, soupçonne-t-il, avec Hunter également. Allende poursuit Castel en lui criant à plusieurs reprises qu'il est un « imbécile » (p. 138). Castel se rend ensuite à la police et, à la fin du roman, on apprend qu'Allende s'est suicidé.

ÉTUDE DE CARACTÈRE

JUAN PABLO CASTEL

Le peintre Juan Pablo Castel, 38 ans, est le narrateur et le protagoniste du roman. Il est très intelligent, sensible, cynique, autocritique et misanthrope. Il est particulièrement dédaigneux de la superficialité, de l'arrogance et de la mesquinerie des élites, qui utilisent un jargon vide de sens pour impressionner les autres et renforcer leur faux sentiment de supériorité. Il veut établir des liens significatifs et trouver quelqu'un qui le comprenne, mais qu'il le veuille ou non, il finit par se torturer en étant obsédé par des détails mineurs.

Bien qu'il soit extrêmement rationnel et intellectuellement sophistiqué, il manque de profondeur émotionnelle, ce qui le laisse prisonnier de son propre esprit et incapable de se connecter aux autres. Certains critiques ont interprété son nom de famille, qui est une forme archaïque de « château », comme un reflet de la façon dont il s'enferme dans la forteresse de son esprit. Sa rencontre avec María Iribarne change sa vie, l'encourage à adopter un nouveau style de peinture et l'oblige à lutter contre sa propre nature pour communiquer et se connecter pleinement avec elle.

MARÍA IRIBARNE

María est une jeune femme aux cheveux bruns qui semble ne pas avoir plus de 26 ans. Elle est mariée à

Allende, qu'elle admire beaucoup, et Castel la voit comme une figure mystérieuse. Le fait qu'elle soit attirée par la fenêtre du tableau de Castel, *La maternité*, crée un lien entre eux, et il la voit comme une âme sœur qui comprend et partage sa solitude.

Cependant, María ne le laisse jamais voir les profondeurs de son âme, et la solitude qui les unit apparemment n'est pas aussi simple qu'il n'y paraît. En effet, l'une des plus grandes différences entre Castel et María est que cette dernière semble être capable de s'intégrer et d'établir des relations avec les gens qui l'entourent. Cela dit, elle semble plus énergique et plus à l'aise dans l'estancia que Hunter, le cousin d'Allende, et ressent fréquemment le besoin de s'y échapper.

ALLENDE

Allende est le mari de María. Il est grand, mince et aveugle et contraste avec Castel, à la fois en raison de sa relation avec María, qui mystifie et obsède Castel, et parce qu'il semble être en paix avec le monde qui l'entoure. Sa cécité physique est juxtaposée à la cécité émotionnelle de Castel, qui l'empêche de voir au-delà de ses soupçons sur María et de la voir telle qu'elle est vraiment. Allende voit plus clairement et plus profondément que Castel, et semble vraiment comprendre María. Elle se soucie beaucoup de lui et l'admire énormément, ce qui rend Castel furieux.

HUNTER

Hunter est le cousin d'Allende. Il est grand, mince et bronzé, et a tendance à éviter le contact visuel. Il travaille comme architecte et est actuellement célibataire, bien que Castel ne se souvienne pas si c'est parce qu'il est célibataire, divorcé ou veuf. Il est décrit comme cynique, coureur de jupons, superficiel, mesquin, apathique et hypocrite. Il dirige l'estancia où María se rend souvent, et Castel est convaincu qu'ils sont amants, bien que la véritable nature de leur relation ne soit jamais clairement établie.

MIMÍ

Mimí est malicieuse, myope, frivole et superficielle. Castel la rencontre lorsqu'il rend visite à María à l'estancia. Elle a des origines françaises, qu'elle utilise pour justifier son pédantisme. Elle utilise souvent des mots français dans la conversation de tous les jours, et même Hunter se moque d'elle pour cela.

ANALYSE

FORMULAIRE

Structure et genre

Le Tunnel comprend 39 courts chapitres. Bien qu'il n'y ait pas de divisions structurelles claires, l'un des commentaires du narrateur vers le début du roman nous permet d'identifier les étapes distinctes de l'histoire. Au début du troisième chapitre, il déclare : « Tout le monde sait que j'ai tué María Iribarne Hunter. Mais personne ne sait comment je l'ai rencontrée, quelle était exactement notre relation, ni pourquoi j'en suis venu à croire que je devais la tuer » (p. 6). Cela nous permet de diviser le récit en trois parties : La rencontre de Castel avec María, sa relation avec elle et son désir de la tuer. Si l'on ajoute les premiers chapitres dans lesquels il se présente, on obtient un total de quatre parties. L'histoire est façonnée par les techniques du roman psychologique et du roman policier.

Le roman psychologique

Les techniques du roman psychologique sont utilisées pour construire le personnage de Castel et pour décrire son conflit intérieur et sa transformation au cours de l'histoire, qui est déterminée par des facteurs externes. Le récit ne vise pas à nous dire ce qui s'est passé, puisque nous le savons dès le début, mais plutôt pourquoi cela s'est produit et ce qui a poussé Castel à commettre son crime. C'est pourquoi Sábato utilise les monologues internes et le flux de conscience pour révéler les pensées et les idées irrationnelles de son protagoniste.

Le roman policier

Les romans policiers sont généralement structurés autour d'un événement clé, habituellement un crime, et se concentrent généralement sur l'enquête relative à ce crime. Toutefois, alors que la structure des romans policiers traditionnels est façonnée par le crime, l'enquête visant à découvrir l'identité du criminel et l'intrigue croissante, *Le Tunnel* adopte une approche originale. Le narrateur commence à raconter l'histoire à la fin, et le mystère n'est pas de savoir qui était la victime ou le criminel, mais plutôt pourquoi le criminel a commis son crime. Le roman mêle donc les genres du roman psychologique et du roman policier, puisque le mystère n'est pas élucidé par un détective s'appuyant sur des faits précis, mais comporte au contraire une dimension psychologique importante : le récit se concentre sur les motifs du crime et sur les pensées, les idées et les obsessions qui ont poussé Castel à tuer María.

Style et langue

La caractéristique stylistique la plus évidente du *Tunnel* est sans doute l'oralité du récit. La narration du roman, qui se fait du point de vue du protagoniste, prend la forme d'un flux de conscience dans lequel les événements ne sont pas racontés dans un ordre chronologique et où le temps semble s'accélérer ou se ralentir en fonction de l'épisode discuté. Elle est entrecoupée d'apartés avec des dialogues explicites et l'effet global est que nous apprenons plus sur le personnage à partir de ses pensées que de ses actions et que nous prenons conscience de toutes les nuances et contradictions de sa personnalité.

Par ailleurs, l'une des modifications introduites lors de la révision du texte espagnol en 1971 permet d'accentuer sa dimension orale. La forme verbale «tú» (qui signifie «vous») a été remplacée par «vos», qui a la même signification mais qui est beaucoup plus courante dans le discours argentin, quel que soit le statut social du locuteur. Il s'agit d'une modification importante, qui permet de rendre le récit plus authentique et naturel, étant donné que les personnages sont argentins et qu'ils sont plus susceptibles de parler de cette manière. Dans une lettre privée, Sábato a confirmé que ce changement était son idée et était motivé par son désir de refléter dans ses romans les observations sur la langue qu'il avait faites dans ses essais.

THÈMES

Isolement et solitude

La profonde solitude du narrateur est perceptible dès le début du roman grâce au style confessionnel qu'il utilise pour raconter son histoire. Le lecteur est prisonnier de l'esprit de Castel, car nous n'avons accès qu'à son point de vue. L'auteur utilise différents moyens pour signifier son isolement croissant :

- **Des images naturelles** qui renforcent le sentiment de solitude et d'isolement (la mer, une rivière sombre et turbulente, des îles désertes, des paysages désolés, une grotte sombre).

- **Des rêves symboliques** qui constituent un lien entre le thème et la structure du roman, car ils renforcent l'isolement et la solitude profonde du protagoniste. Dans son premier rêve, Castel visite une vieille maison dans laquelle il souhaite retourner depuis son enfance, mais malgré la familiarité du lieu, il se sent perdu et a peur d'être attaqué par des ennemis cachés. Lorsqu'il sent qu'il redécouvre la capacité d'aimer, il en conclut que la maison représente María. Le rêve signifie que lorsque nous nous sentons seuls, nous essayons d'entrer en contact avec d'autres personnes par l'amour, mais en même temps nous avons peur des risques que cela comporte, comme les malentendus et les erreurs de communication.

La solitude de Castel est auto-infligée et résulte entièrement de sa vision négative de la vie. De plus, comme nous pouvons le voir dans ses opinions sur l'humanité, sa personnalité le pousse à s'isoler davantage : il ne voit pas les gens comme des individus, mais plutôt comme des membres de catégories ou de groupes. Même lorsqu'il a affaire à des individus, il réagit aux autres avec crainte et suspicion, d'autant plus qu'il a tendance à voir des arrière-pensées dans tout ce que les autres disent ou font.

L'impossibilité d'une communication efficace

De même, on peut dire que *Le Tunnel* traite des problèmes de la communication humaine, ou plutôt de son absence. Sábato nous montre à plusieurs reprises que la communication est impossible : par exemple, alors qu'il utilise des images naturelles pour symboliser la solitude, il dépeint des structures artificielles telles que des murs, des pièces, un bâtiment, une cellule de prison et, surtout, le tunnel, pour signifier l'impossibilité de communiquer avec d'autres personnes. Lorsque Castel sait qu'il a perdu María pour toujours, il compare leurs vies à des tunnels sombres, parallèles les uns aux autres, qui semblent se rejoindre à travers la fenêtre de son tableau. Comme le personnage principal de la nouvelle de Fiodor Dostoïevski (auteur russe, 1821-1881), *Notes from Underground* (1864), Castel n'est jamais sorti de son tunnel pour vivre véritablement sa vie.

L'utilisation de rêves symboliques est également liée à ce thème. Dans son deuxième rêve, Castel est invité dans une maison où l'hôte le transforme en un oiseau monstrueux. Ce clin d'œil évident à Franz Kafka (romancier de langue allemande, 1883-1924) a un résultat inattendu, car les autres personnes présentes ne remarquent pas sa métamorphose, et ses tentatives pour les en informer se soldent par un cri qu'ils entendent comme sa voix normale. Ce rêve précède de peu l'apogée de la dispute entre Castel et María, est suivi de sa certitude qu'elle l'a trompé et a une signification claire : après avoir enfin réussi à entrer en contact avec les autres, Castel sent qu'on lui a menti, mais n'a aucun moyen de le faire savoir.

POURSUITE DE LA RÉFLEXION

QUELQUES QUESTIONS À MÉDITER...

- Pourquoi Castel tue-t-il María? Utilisez des exemples tirés du texte pour étayer votre réponse.
- Castel change-t-il au cours du roman? Justifiez votre réponse à l'aide d'exemples.
- Quel rôle jouent les personnages secondaires du roman dans l'histoire de Castel et María?
- A quoi ressemble, selon vous, le tableau de Castel, *La maternité*? Pourquoi pensez-vous que personne n'a remarqué la fenêtre dans le coin?
- Quel rôle la ville de Buenos Aires joue-t-elle dans le développement du roman?
- Pourquoi Allende crie-t-elle «imbécile» (p. 138) à Castel quand il dit que lui et Hunter étaient tous deux les amants de María?
- Quelle est la signification des italiques dans l'extrait suivant du roman? «[...] Toute l'histoire des passages était une invention ridicule de ma part, et qu'*après tout il n'y avait qu'un seul tunnel, sombre et solitaire: le mien, celui dans lequel j'avais passé mon enfance, ma jeunesse, ma vie entière.* Et dans l'une de ces sections transparentes du mur de pierre, j'avais vu cette fille et j'avais cru naïvement qu'elle se déplaçait dans un tunnel parallèle au mien, alors qu'en fait elle appartenait au vaste monde, le monde sans limites de ceux qui ne vivaient pas dans un tunnel» (p. 133).

- *Le Tunnel* a été adapté à la télévision et au cinéma à de multiples reprises, et Sábato a lui-même adapté le scénario pour l'une de ces adaptations. Choisissez une adaptation et soulignez les principales différences entre celle-ci et le roman. Comment les personnages sont-ils dépeints ? Quels thèmes sont mis en avant ?

AUTRES LECTURES

ÉDITION DE RÉFÉRENCE

- Sábato, E. (1988) *Le Tunnel*. Trans. Sayers Peden, M. Londres : Penguin.

ÉTUDES DE RÉFÉRENCE

- Foster, D. W. (1971) Tú y vos en « El túnel » de Ernesto Sábato. *Hispania.* 54(2), pp. 354-355. [En ligne]. [Consulté le 27 février 2018]. Disponible sur : < http://www.jstor.org/stable/337802>
- Gibbs, B. J. (1965) « El Túnel » : Portrayal of Isolation. *Hispania.* 48(3), pp. 429-436. [En ligne]. [Consulté le 27 février 2018]. Disponible sur : < http://www.jstor.org/stable/336464>
- Meehan, T. C. (1968) La métaphysique sexuelle d'Ernesto Sábato : Thème et forme dans El túnel. *MLN.* 83(2), pp. 226-252. [En ligne]. [Consulté le 27 février 2018]. Disponible sur : < http://www.jstor.org/stable/2908197>
- Sauter, S. (2004) *Estudio introductorio de* El túnel *de Ernesto Sábato.* Bogotá : Editorial Planeta.
- Ortega, J. (1983) Las tres obsesiones de Sábato. *Cuadernos Hispanoamericanos.* Numéros 391-393, pp. 125-151. [En ligne]. [Consulté le 27 février 2018]. Disponible sur : < http://www.cervantesvirtual.com/nd/ark:/59851/bmcxp7k5>

LECTURES RECOMMANDÉES

- Kafka, F. (2015) *Métamorphose et autres histoires*. Trans. Hofmann, M. Londres : Penguin.

- 26 -

lePetitLittéraire.fr

- des analyses de livres
- des fiches de lectures
- des commentaires littéraires
- des questionnaires de lecture
- des résumés

**Retrouvez
notre offre complète sur
lePetitLittéraire.fr**

www.lepetitlitteraire.fr

ISBN version numérique : 9782808684712
ISBN version papier : 9782808685511
Dépôt légal : D/2023/12603/1051

Conception numérique : Primento,
le partenaire numérique des éditeurs.